Caixa d'água

FEBRARO DE OLIVEIRA

Caixa d'água

REFORMATÓRIO

Editor:
Marcelo Nocelli

Revisão:
Natália Souza

Imagens da capa:
Isabê

Design e editoração eletrônica:
Karina Tenório

Dados Internacionais de Catalogação na Publicação (CIP)
Bibliotecária Juliana Farias Motta CRB7/5880

Oliveira, Febraro
Caixa d'água / Febraro de Oliveira. – São Paulo: Reformatório, 2023.
108 p.: 14x21cm

ISBN: 978-65-88091-96-8

1. Poesia brasileira. II. Título.
O48c CDD B869.1

Índice para catálogo sistemático:
1. Poesia brasileira

EDITORA REFORMATÓRIO
www.reformatorio.com.br

para Armando, meu pai.

para Matheus Cavalcante Cunha, de 22 anos, homossexual, encontrado morto em uma caixa d'água em Itaituba-PA.

para Érika Gentile, minha amiga.

SUMÁRIO

O LUTO COMO (E)FEITO DA LUTA COM AS PALAVRAS

"[...] a uma imagem podemos dar nosso
ser de leitor; ela é doadora de ser"
(Gaston Bachelard, *A poética do espaço*, p. 88).

"[...] as águas imóveis evocam os mortos
porque são águas mortas são águas dormentes"
(Gaston Bachelard, *A água e os sonhos*, p. 67).

No início de seu livro *Necropolítica*, Achille Mbembe (2018, p. 5) assevera que "[...] a expressão máxima da soberania reside, em grande medida, no poder e na capacidade de ditar quem pode viver e quem deve morrer".[1] De modo generalizante, pensamos que as coisas do mundo da cultura existem naturalmente; que os conceitos são bases aceitas e assentes por todos; que as leis são homogêneas e frutos de trocas. Não, não é assim. Ainda na esteira do pensamento de Mbembe, cujo lastro teórico está, entre outros, em Michel Foucault, as normas gerais que se abatem sobre os corpos não carregam o direito e o respeito

1 *Necropolítica*. Tradução de Renata Santini. 3. ed. São Paulo: n-1 edições, 2018.

à diferença, naturalizando pré-conceitos e robustecendo preconceitos. A destruição de corpos que se orientam por caminhos diversos daqueles naturalizados pela cultura, pelo Estado e pelas instituições acaba sendo legitimada por uma soberania advinda de uma cesura de gênero. Segundo Georges Bataille (*apud* MBEMBE, 2018, p. 15), "O mundo da soberania [...] é o mundo no qual o limite da morte foi abandonado. A morte está presente nele, sua presença define esse mundo de violência, mas, enquanto a morte está presente, está sempre lá apenas para ser negada, nunca para além disso...".

Caixa D'água, de Febraro de Oliveira, laureado com o Prêmio Caio Fernando Abreu de Literatura (2022), menção cuja tônica é o estímulo e a valorização da produção literária por LGBTQIAPN+ brasileires, traz poemas que, divididos em cinco partes, remetem quem os lê ao universo de uma familiaridade cotidiana, naquilo que ela carrega da família de sujeito morto e também de imagens pródigas do dia a dia da gente miúda, estigmatizada por projetos à margem da vida e forçada à submissão.

> FEITO GENTE
> [...] Fosse de gente, decretariam
> três dias de luto, o prefeito
> por ser ti, um oferecido na
> televisão. A vida sendo o que se é
> manual de crueldade (FEBRARO, 2023, p. 20).

O corpo sem decreto de luto é o de um homossexual cujo espectro assombra a mãe, o pai, os lugares por onde passou e os amores que viveu, acabando por assombrar/inquietar também quem se aventura na leitura dos poemas de Febraro e lembrando outras mortes literárias, como a de Ana Cristina César no poema TEUS PÉS (FEBRARO, 2023, p. 25):

> Aqui, feito de quem
> a prolongar o horror
> de joelhos pede mais

O horror tem, nos versos de TEUS PÉS, um apelo ambíguo, sugerido pelo verbo "prolongar" e pelo advérbio de intensidade "mais", que acompanha a forma verbal presente "pede", cuja aproximação causa um misto de repulsa e de admiração: se o horror se prolonga, por que se pede mais dele? O que o horror tem de atraente para quem está de joelhos? E essa não é a maior das ambiguidades dos poemas. Ela começa no título do livro de Febraro, *Caixa D'água*.

A leitura aqui sugerida do título do livro tem por norte duas obras de Gaston Bachelard: *A poética do espaço*[2] e *A água e os sonhos*.[3] No primeiro, de modo análogo, seguimos o percurso proposto por Bachelard quando trata da gaveta, dos cofres e dos armários como lugares onde os segredos podem ser guardados, podendo ser trancados, escondidos da vista alheia. São objetos que assumem uma imagem na cabeça de quem entra em contato com eles,

2 Tradução de Antonio de Pádua Danesi. São Paulo: Martins Fontes, 1996.

3 Tradução de Antonio de Pádua Danesi. São Paulo: Martins Fontes, 1998.

fazendo rodar a imaginação. Nos poemas de Febraro, a imagem é a da caixa. O que pode ser ela?

A caixa é também um lugar de segredo, que não se abre e não é aberto por qualquer pessoa, escondendo aquilo que não se quer ver ou mostrar. Os "pequenos afogamentos" do poema CAIXA D´ÁGUA são os segredos que acompanham desde a infância as personagens da família, havendo uma certa indistinção sobre de quem é a voz poética que se manifesta: da mãe? Do filho morto? Do espectro de outros sujeitos acossados por situações semelhantes? De um sujeito com múltiplas vozes? Há sim um segredo familiar, mas também há um corpo insubmisso, o do homossexual morto, que não se submeteu à cesura de gênero, não se acondicionando à "caixa" daquilo que foi naturalizado, preconizado nos versos de BUSCO:

> um pouco de sangue
> talvez a lembrar que
> estou vivo e que fulano
> dará trabalho (FEBRARO, 2023, p. 44).

Por outro lado, não é qualquer caixa aquela onde jaz o corpo morto do homossexual; é uma caixa d'água. Esse objeto é uma imagem bastante corriqueira no cotidiano das cidades brasileiras, podendo estar cheia ou vazia, no alto das casas ou no chão. Num exercício imaginativo que deve acompanhar quem lê qualquer texto literário, penso numa caixa d'água com água, o que, à primeira vista, poderia soar como uma redundância, mas não é. A caixa onde foi encontrado o corpo morto contém água (aliás, uma imagem que aparece em outros poemas do livro), simbolizando a retomada das lembranças, inclusive aquela que faz a mãe se lembrar de que um dia teve o filho no seu ventre.[4]

A possibilidade de preservar as lembranças de um corpo morto pela água e dar sepultura a ele, como nos versos de ROSEADO:

> tô te escrevendo isso
> pra ver se me ajuda
> a pagar o velório a moto
> anunciamos na OLX
> no jornal também vai
> que alguém me devolve (FEBRARO, 2023, p. 63).

são elementos linguísticos que indicam o perfazimento do luto por meio da luta com as palavras que os poemas de *Caixa D'água* apresentam. Num tempo de tantas lutas é preciso que ao menos a luta com as palavras não seja em vão...

Campo Grande, primavera com
quentura de verão de 2023.

Rosana Zanelatto (UFMS/CNPq).

4 No ventre, o bebê é envolvido e protegido pelo líquido amniótico, que preenche a bolsa amniótica, também conhecida como bolsa das águas.

PRIMEIRA PARTE

Rebaixamento do lençol freático

isso?
aqui?
já?
assim?

PAULO LEMINSKI

Afinal não queria matar Guilherme
queria salvá-lo de morrer afogado
dando por ele a vida
numa troca complicada de reféns

ADÍLIA LOPES

O VENTO NA CARA DA GENTE

para Maria Lúcia Alvim

Ardente, caninos dormem em
seu colo.
Terra podre de,

meu filho,

As pequenas requisições de si

talk to me
dream with me
hold my hand

my little jacu.

BR 163

I

As estradas
cerceando milésimos
você desejando quilômetros
em mim um Vento.

II

Sair com seu cheiro na rua.
Tropeçar
num desejo
cair de boca
sangrar pelo
costume.

LAVADEIRA

para Isabê

O dia
devagar   em mim
o sonho face
a face entre
acalentos.

Sei que   meu filho
não será enterrado
aqui   ele não
toca o Céu
não Venta nosso rosto.

Os passos   de meu
filho, são sete os palmos
vai-se o véu, sujeito próprio
em mim, os
caquinhos colecionando
a toalha bordada com
seu nome.

LERO

Tudo em nome de
meu filho, sete, os
palmos d'água
nisso, um Assalto
passa tudo
passa a porra toda
que tiver um nome.

Serei
adjetivo, fala de
sua vida. Me diz,
meu filho, se te
encontro minguante

em que Lua, esta,
em que eu
verto Pequeno, meus sonhos
uma Letra, o tempo em mim.

HOMENS EM TI

Estocados, um
doistrêsquatrocincoseis
estocadas, o que sua
mãe pensará sobre
homens em ti,   meu filho?

my Sweet child my little friend
my love my fear my desire,
my hope my death my killer
hope with me   leave me in the water
cry in my death father make me a dream
dress me like doris day, my fear, repeat
dream a little dream of me.

TALVEZ

Muito oferecido
dois tapas na cara
me quebram os dentes

Te peço   que
                           bata
                           mais.

FEITO GENTE

Te visto, assim,
nomeado em
          um acordo entre línguas
          e rostos.   Você:
                    um largo rio
                    dizendo   sim.

Fosse de gente, decretariam
     três dias de luto, o prefeito
     por ser ti, um oferecido na
     televisão. A vida sendo o que se é
     manual de crueldade.

Não   não há perdão nos escombros
        seu desejo sempre ao outro
        feto de esperdícios verbicais.

CHANCE

Ter além dele, outro, pra voltar
pra ser feliz   pra obedecer

Difusa à luz,   cresce em mim   pirilampos
não abandonarei o verso   pela rima pobre

Pelo acidente, caminhos se constroem
nessa nossa cara, nesse alarde. Meu pai
parcelando o gás, pela rima pobre
pra ser feliz   pra obedecer.

DEUS

para Camati

Onde se nascem pequenos
tudo lhe perverso, perene
aqui, ao teu olho, a língua
escapa afogamentos.

Nisso, se reconhecendo. Um pai
que não chora aprende a morder
o tempo, lambe-lo.   Um pai
                    onde outros ocuparam
               seu lugar   entre uma e outra
                         vírgula de gozo.

BOIS

Ao que os dias, lentos em mim –
                    teu rosto na janela. São
meus os teus fantasmas.
          É de teu culhão esse meu
                                        sonho.

    Depois de tudo, criar três cabeças
de gado   Com seu nome. Vendê-los
          pelo preço de gente.

UMBRAIS

Paisagens – no que desaparece,
o encantamento
cisca, prenhe, o
mistério.

TEUS PÉS

Aqui, feito de quem
a prolongar o horror,
de joelhos pede mais

teu Vento teu Nome
teu Desejo teu Pavor
– eu.

O TEU NOME

Entre um mata-leão
aqui outro acolá,
peço seu nome em mim.

Ao saber meus vinte e dois anos,
em ti, eles mesmo não acabam. Quanto
tempo durará em mim, meu
filho, outros tantos vinte e dois anos
penso uma corda em meu pescoço,
a cadeira bamba, queria eu ser
o que leva o mata leão, que é afogado, trocaria
tudo pelo instante em que te disse Matheus
esse, mulher, é o nome de nosso filho
um cabra, outros homens
no bar, riam. Mas era meu, meu filho,
meu macho, meu amor, meu – troço afogado
no que sabia, sim, outros homens em ti
como eu, outros em ti.

Te achei e era dia,
a moto sumida, colocaram
um cartaz – com recompensa e tudo,
para a moto, mobilizamos
um dia inteiro, você, meu filho, já ali
e pelas vezes em que te disse
minhas crueldades de pai,
revogo-a todas.

Enterrado em baixo d'água, assim
feito quem não merece terra nem chão
a água turva de rosto
foram quantos os mata-leões?

Repito os detalhes
coloco seu nome no asfalto
peço emprestado giz e esquecimento
ao que os dias n'água mudariam
seu rosto, meu filho,
feito daquilo que existe entre
os verbos e adjetivos.

Você sendo, então,
um menino de verdade,
aquele que realiza o sonho, que
aparece na televisão, o que não tem
nome, meu objeto de menino, meu
sonho de criança, meu pavor, meu Pinóquio.

SEGUNDA PARTE

Trações dentárias, biópsias ósseas

Sou como bandeira rodeada de longes.

RAINER MARIA RILKE

Existe um deus qualquer
nas minhas entranhas.

HILDA HILST

CALADO

Zombam folhas em meus pés
colecionaria na garganta, talvez
assim, me faria fora de laço, gargantilha,
penduricalhos, poemas, velas. Deixaria os
pontos para os pirilampos. Trocaria
delicadezas de gente sobre gente. Seria
cruel em minha diferença. Latino
no que me foi dito latino, te latino
cachorros zombam folhas em meus pés.

POUCO

Outras, as manhãs,
nesse meio de lugar,
me responderão, na
palma dos punho, se
serei a si. Um dia, ali,
buscarei um Deus
que me oco. Que
me dê a volta pra
casa, segura, desatenta.

AO QUE PAI

Um pai que
chora seus filhos
assola em si
seu chão de gente.

Há de ser
outro pai esse
que chora, um em
aluguel, na locadora,
um VHS, um pai feito
de Francisco.

Entre mim, o que
aluga pequenos
percevejos.

MIRA

Saía de casa e os bicho
tudo vindo junto, dentro,
espreitado quem sai
escondido a mirar três
tiros; sou o que dorme
noite adentro de frio. Tão
bonito seu rosto, me
lembro que também
sorria entre estocadas
na Caixa d'Água, sim
me lembro meu
assombro.

Sou, pois, aquele que
ao receber um nome,
torna-se bicho, aprende
a Flutuar.

TENÊNCIA

Venho achando que
dar meus ossos é forma
de carinho. Distribuo,
aos outros, esse detalhe
de resto. Tenho andado
distraído, chorado um
pouco, levado umas
porradas e a isso dado
o nome de coração. Venho
chamando de amor
aquilo que, distante,
possa ser casa, ser muro. Venho,
dizem aí, imitando e
rascunhando o já
feito. Mentindo
memórias. Sendo
estrangeiro.

CAIXA D'ÁGUA

Tenho querido afogamentos,
pequenos, quando criança
repetíamos a comunhão
daquilo que, fora, parece
turvo, imagem sem lembrança,
nisso, me chamava e, ao atravessar
minha casa, que era sua também,
em sunga a criar pequenos
redemoinhos, delicados,
me lambia debaixo d'água,
tinha requerido pequenos
afogamentos. Pra cá,
brincava comigo, fui,
aprendendo essa sombra
d'água, te ver.

TUDIM

Soubesse que nasceria
propunha uma greve, faria
atestado de fome, pediria que
fosse outro. Apagaria
as palavras, tentaria recordar
tantas retinas que te dei. Faria
um pai que ao saber não
fugisse, moraria em outra
rua. Daria uma culpa menor,
embrulhada.

BUSCO

Penado, moendo o
rio Paraguai, os meninos
cabeça dentro d'água

que fossem eu, ainda
soubessem ser aquele
que não se afoga

água não como antes
não morreria em ferocidade

assovia, o pai da criança,
um rio na gente

pescaria a escolha de ter um pai
que me fosse proteção ao escolher
inicia-se o amor, pequeno, assim

o que pensava enquanto
a mão na minha garganta
fechava o rio
de folego e mar, não
saberei

ao que os próximos
dias te foram, o que
sentiu

havia em mim
a fome de quem
escolhe sem medo

marcar de se encontrar
na penugem dos dias

no Cerrado, numa
casinha de varanda
tirar a roupa pensar
nos gestos
que nos farão gente

notar sua mão
os calos dela, descobrir
o que seus calos falam de ti
deixar que o passe em mim

na retribuição, o espanto
da garganta e sua mão
a me levar pelos cantos

o céu do cabelo, a caixa
que protege os fios
no rebento

um pouco de sangue
talvez a lembrar que
estou vivo e que
fulano dará trabalho

explicar aos meninos
do rio, que um dia fui
eles, não farei

modéstias na entrada da casa
minha irmã a anunciar sua moto
perdida.

MEUS DENTES

Remoídos com o tempo,
os dentes em nossa relva
de palavras, tropeçam,
buscaria dentes para
falar mais solto.

Preencheria em
meu obituário:

Morre
          ficam-se os Dentes.

Me reconheceriam,   pelos dentes
          minha mãe lembraria de mim
          como o menino do rio que caiu
               em ladeira de Corumbá.

TERCEIRA PARTE

Hipoplasia do osso nasal fetal

Apaga a luz – é justo
que tenhas nos teus
braços a rapariga
que fui antes de ti.

MARIA DO ROSÁRIO PEDREIRA

Que lentidão, de repente.
Que ternura.
Você não imagina.

MARGUERITE DURAS

NOITE

lembra-me madrugada
nas suas mãos – meus dias

o ardente vento me sendo
sonho e palavra – imagem e som

de ser sua antes que
me fosse madrugada

te amar por saber
que uma bala desliza
antes de estraçalhar
os oito ossos que
protegem o crânio

ANFÍBIO

ao que parta
árvores te
deixava noite

dando caldo
fazendo
juras

desce
o ônibus
sujando a cidade
em volta de
mim toca
seu sino
desço
com os
dias na
barriga

é teu
esse filho
que me pensa

o sexo
desce
vem
nota
esse meu
meio
de ter você
em mim
crescendo
roubando
novamente

MENINOS DA PRATA

mesmo melhor
seria era ter
um jeito de
erguer esse
muro

deixar as crianças
na rua
deixar com que
elas me perdoem

fosse assim
entenderia
as pedras
que jogam aqui

o medo de
me ver
voltando a ser
filha de meu pai

tenho jeito

pra sombra

seria minha

a sombra no

espelho

vigiando

o útero

MANCA

bendita
  minha irmã
era feia e manca

      mentirosa
  me contou que dois
corpos
   não ocupam
o mesmo lugar

até esse dia
  achava ela só
feia e manca

mas já tinha
  dez quando
osvaldo meu tio
    igualmente feio
 e burro

me pulou
   as pernas

DONOS

roupas a pedido de urgência
outra que
na rua dorme vento seco
onde veia

o frio
a ser meus
gestos

por conveniência
me ver pouca

me saber feito bois no alimento
a eleição do deputado – conseguir
dois votos pela troca de um cobertor
a cirurgia de minha
irmã se for
eleito

deixaria de ser manca olharia ela
com mais carinho – isso não

LONGE

daqui me faria
 sua mulher   uma mãe
aquela que não
 tem jeito nome
sua função em
 crueldade de aceite

corta a barriga
 bariátrica cesariana
tira tudo daqui
 o céu fechado de névoa

ROSEADO

meu filho foi morto
tinha vinte e dois anos
numa caixa d'água primeiro
afogaram e não morreu

depois que veio a confirmação
duas mãos na garganta eram dois
meninos afogando ele tem uns dez
dias isso tudo

tô te escrevendo isso
pra ver se me ajuda
a pagar o velório a moto
anunciamos na OLX
no jornal também vai
que alguém me devolve

qualquer maneira pensamos aqui
bem que você podia
nos visitar
afinal
um pai

que não enterra
seu filho deve ser pecado

os filhos
esses sim são
muitos só aqui
tem três seus

todo mundo tá moído
as galinhas morreram foi tudo
fiz questão que não sobrasse
um nó na garganta delas
fiz questão

NAVIOS

devagar aguento
três dias sem seus
gestos pela casa

flertam as roupas
no varal   o mofo
                na máquina

os lençóis agravando
as películas no feixe
de luz
    lentas   em meu
                rosto

    um cisco
  percorrendo
   as palavras
     em que escrevo
   o seu nome

SÍNTESE

à revelia
        é seu
        esse meu osso

minha costela
daria a ti   às tantas

CAVALADA

faz de conta
que a gente
ainda é ferrugem

VIDRO

ao que o
reflexo me nota
os pequenos gestos na janela
cabelo sujo de fresta
me escrevendo no meio de
cada coisa que perde nome

eu, a que, sem jeito
pertence aos escombros
sendo sombra, vento e
gente

POR PRA DORMIR

agora
 que me conhece
o suficiente
  entende o que
a noite faz

              pequenos
os caminhos

  procura meu nome
repete a escuridão

pensa em mim
  como aquela que
não parte
perde o filho

TESOURA

  há de recompor
os fios do ralo

    separados a saber
quais são os de quem
  ama   quais são os de
minha mãe   quais são
  os de meu filho   quais os
meus encontram os de meu pai

MAIS VALIA

não sensibiliza
um filho morto

mais vale
matar na barriga

ter alguém
preso por isso

TAMBÉM AS MOTOS

Bendita
 empunhou 40 reais
quando Miguel
   estava desaparecido
com sua moto

   até a placa tinha
telefone e endereço
      não podiam faltar
ela me disse
  quando perguntei
e Miguel não vai
      aí no papel não
espaço tem o que falta
  é vontade Bendita
me disse que deveria eu
   empunhar 40 reais
  faria minha irmã até mais
se tivesse

   acharam Miguel no segundo
dia a moto só no quinto

Bendita passa aqui
na frente e buzina
fala que preciso
sair dessa
cama   Bendita
a dor é
filha da puta

hoje não saio daqui
nem pra furar seus olhos
nem pra te dar porrada
nem pra falar que a culpa é sua
nem pra fechar o caixão
nem pra sair atirando

EMBORA

diz
o que fará de mim
agora que sou
resto de luz,
pálpebra e retina?

continuará
a escrever
poemas
sobre a noite?

QUARTA PARTE

Abaulamento da margem cranial

– Fui me confessar ao mar.
– E o que ele disse?
– Nada.

LYGIA FAGUNDE TELLES

Ver. Ver-se.
Não dizer nada.

ORIDES FONTELA

PEQUENO MAPA SOBRE A INCIDÊNCIA DE ÚLCERAS

I

Ensino, pelas margens
de nosso córrego, a ler
os verbos de uma ossada

reconhecer o corpo; aqui,
notará pelas rãs, os nossos
indícios, familiaridades

a serem transpostas; um
ao outro, faremos uma
pequena casa que comporte

nossas carnes; pela manhã,
o dito cujo, mostrará
nosso mapa.

II

Habituar-se à um mapa,
desconhecido, pela
cabeça ao prêmio

revelaria às cascas
conquistadas, entre
escambos, nosso

desdém pelo rio; configuraria
nosso mérito, orgulho ao
descobrir luz pelo vão
do fêmur.

III

Pela promessa de não haver luz,
entre as coisas que me apresenta,
costumo arcar com os verbos

pagar palavra por palavra
o que, entre sombra e água,
faz dívida de canto — não,
algo que aqui se escuta

após muito esperdício:
sua voz entre o rio,
costumeiramente,
engana o ar.

IV

Voltar ao cordão,
ter alguém ao lado;
descobrir, pelo

o que flutua,
algo vivo, alguém
dirá quando

uma filha nasce,
certamente, silenciosa.

V

Na pata quebrada
de uma árvore, ronca
pirilampos, cegos

escurecido o céu,
empina a madrugada,
roxo da boca,

lembrete de não
sentir os pés.

VI

Perdoar, pela mata,
o tronco dilatado,

fita, sem perna,
o corpo de mulher

pela fumaça na boca
de quem espera.

VII
Perde-se uma filha,
ganha-se tempo de margem

pelo que oca a voz,
outra a nascer, manca,

preterida pelo feixe
de sua irmã.

VIII

Pela recordação,
chamar-lhe de Bendita.

IX

Pela consolidação das fraturas,
não movê-la em dignidade,
reter Bendita entre o inumano

eleição de um fêmur, a
escolhida; carregando, em si,
os ossos de sua irmã; outra

nasceria, para a mãe,
feito gente, dizia quando
elencava os pratos na mesa

– A outra sim, Bendita,
teria sido útil, agora
contigo, trabalho

o dobro, carrego
cima a baixo suas pernas
sou eu as suas pernas, Bendita.

X

No enlace de um pai,
que perde sua filha – A boa
perdemos;

naquele que entende,
os ossos de seus mortos, a
tentativa de

em seu lugar,
nascer outra

realizar Aparecida
em pequenos escombros.

XI

Sombra de irmã,
nem ir à escola,
reter os ossos,

moer com a irmã
abrindo a porta
nisso, Aparecida,

se fazem os escombros
de uma civilização,
ao ver o mar

invadindo as casas,
alguma há de ficar,
estruturada, com pernas

em casa, a fazer
o almoço de seu pai.

XII

Água entre os moídos,
o tempo nas cabeças
de gado, Osvaldo

entre o que se dilata,
— Aparecida, depois
de um tempo

a gente, Aparecida,
para de sangrar, repousa
Bendita em quem

não aprendeu
a estancar sangue,
sua irmã, que pecado

o que Deus faz
com quem perdoa.

XIII
Pelo silêncio,
ganhar uma moto,
Osvaldo a chamar

de amor toda
palavra embrulhada
em filetes

de um fêmur, pela
conquista, pela família,
pela barata, pelo bicho

por aprender
a estancar o sangue
de Aparecida,

Bendita
150km, fugindo
de sua fratura.

XIV

No telefone que
toca, o médico
onde Bendita

remove seu filho,
o quarto
entre as estocadas

de Osvaldo, pela
injúria se comove
Aparecida, estende

as roupas no varal
pela lentidão, por não
ter estrada

que a reconheça,
com a moto de Bendita
a se lembrar.

XV

Pousar na sombra
de um filho morto,
ao encontrar Bendita

sobre elas, a luz
de formigas a
compartilhar

os restos
de um prédio,
o calor, o pavor

a noite pelos galos,
pelo desaparecimento
de Osvaldo no

tempo de recuperação
dos órgãos internos,
pelo ressurgimento.

XVI

Sussurra a insônia
em Ave-Maria,

não existisse o que
chega, a dobra das
esquinas, o fervor

pela vigia, ao
dormir na estrada,
comer mosca,

com Aparecida
perduram os
filhos, nascem.

À Bendita,
recolhimento
de ossos.

QUINTA PARTE

Cardume argênteo de peixes verbais

O resto, sabemo-lo demasiado bem,
é literatura, vale menos do que um abraço.

MANUEL DE FREITAS

A noite é semelhante ao nome que te dou.

JOÃO MIGUEL FERNANDES JORGE

O QUE TE DIRIA ENQUANTO QUEBRA MEUS DENTES

I

Rejeitar a tradição
descobrir se a palavra
paga com a língua
nosso desejo.

II

Descartar a essência
ser-se pertencimento.

III

Dar às bichas a chance
de revidar qualquer deus
que saia seu nome.

IV

Não esquecer de
passar a perna.

PALAVRA

para Tayná Saez

No que te cabe,
um céu entre rãs
contestando
velocidades.

Escrever pela
busca de lamber
o tempo, verter
seu gesto.

Nisso, não nos
escaparia o real e
sua palavra de
amor.

Daqui, você acende
um fósforo. Em mim,
o Céu ferindo a língua.

SERRA DA BOA ESPERANÇA

para Geo e Thais

Haveria de ter
lambido os olhos [da Lua,
ter dado murros em pontas
soltas].

Nessas, disse Manoel,
que se faz aquilo que
se dá na boca. Cortar
o Céu do olho, comer
abacaxis pela garantia
da afta, não buscar no
cume o que se encontra
dentro.

PASSAGEM

"Vou lhe dar um abismo de presente, disse ela"
(Roberto Bolaño)

Aqui – brinquedo
de algodão seu. A quem
só se sabe quando em
outro se pertence.

Permaneço como
o que monta
uma coleção
de inutilidades,
aquele que perde
o verso.

Te daria meu
rosto, te colocaria
pra dormir, te cortaria
as mangas dos olhos, seria eu
seu gesto interrompido.

MANCHA

para Cia. Dançurbana, Soraya Portela,
Janaína Lobo e Thereza Rocha

I

Todo gesto
é uma espécie
de crueldade.

II

Remoer o outro,
lambe-lo por aqui
e ali. Propor uma
travessia onde não se
sobreviva. Apresentá-la
ao público.

III

Conhecer os mapas
entende-los apenas
como mapas, retirar
do mapa sua subjetividade.
Com sorte, não saber
por onde começar.

IV

Dançar
como quem
não perdoa.

PAISAGEM

Não limpar os pés
deixar que acumulem as poeiras
remoer o futuro
ser também esquecimento.

Alternar os dedos
beliscar as medidas dos olhos
não deixar que o outro
nos faça imagem e
semelhança.

Tratar-se do mundo
feito quem suja
e não tem nome.

SEMELHANÇA

Da condição de ser o outro
aceito-as todas, senhores.

Reivindico as terras os
poemas os desejos todos
mãe minha cortando cebolas
em seu cubículo de gente.

Reivindico mãe e pai
meu que souberam,
no princípio, que Deus
era um tratado de lama
e culpa.

ESPELHO

Talvez –
ficção de gente que se sabe,
noutro um gesto de linguagem.

Há de cair também no
sonho. Sonhar –
isso, aqui. Também
cortamos as línguas.

Este livro foi composto em Sabon LT Std
e impresso em papel pólen bold 90 g/m²,
em outubro de 2023.